휴전선의 봄

휴전선의 봄

찍은 날·2001년 9월 25일
펴낸 날·2001년 9월 30일

지은 이·김수경
펴낸 이·임종대
펴낸 곳·미래문화사

등록 번호·제3-44호
등록 일자·1976년 10월 19일
주소·서울시 용산구 효창동 5-421
전화·715-4507/713-6647
팩시밀리·713-4805

ⓒ2001, 미래문화사
ISBN 89-7299-220-8
E-mail·miraebooks@com.ne.kr
mirae715@hanmail.net

정가·5,000원

*잘못 만들어진 책은 바꾸어 드립니다.
*저자와의 협의하에 인지는 생략합니다.

미래시선 116

휴전선의 봄

金守經 제17시집

미래문화사

통일 서시

1908년 한반도에 자유와 꿈은
깨어지고, 암흑 시대가 전개된다.

1945년 해방은 되었다.
자유가 오는 듯하더니
다시 6 · 25 민족전쟁으로
민족의 얼, 독립의 혼은 간데없고
다시 조국의 허리는 둘로
잘리고 만다.

누가 이 허리를 잘랐는가
누가 이 슬픔을 주었는가.

36년간 독립을 위하여 희생된
선열들은 지금 무엇이라고 하실까.

5백만의 희생, 천만 이산가족들
이 푸르른 계절에 화합을 못하고 서로 아직도
고뇌와 슬픔 속에
허덕이고 있다.

저 철새는 계절 따라
남북을 오고 가는데
인간은 부모 형제, 부부와 연인들이 헤어져
만나지 못하고 있었다.

세월은 가고 부모님은
백 세가 넘어 가신다.

통일이여
민족이여
사랑이여

2001년 광복절
春山軒에서
金守經 識

차례

1

사천강,
사천강의 봄빛은 안개를 같이 한
끝없는 향수鄕愁가 흐르고 있다.
그 푸릇푸릇한 풀잎들이 누런 갈대숲에서 자란다.

두고 온 산하

두고 온 산하

두고 온 산하에 봄이 온다.
만경대의 개나리 모란봉의 진달래

바닷바람 타고 봄이 오는 원산, 함흥

'일출봉에 해 뜨거든 날 불러 주오'
'월출봉에 달 뜨거든 날 불러 주오'

기다리는 마음은 고향
나이를 먹을수록
더욱 깊어지는 마음

벚꽃이 피어오른다.
진달래가 피어오른다.

한라산 백록담에서 백두산 천지까지
아 두고 온 산하, 그리운 고향아

휴전선의 보고寶庫

사천강,
사천강의 봄빛은 안개를 같이 한
끝없는 향수鄕愁가 흐르고 있다.
그 푸릇푸릇한 풀잎들이 누런 갈대숲에서 자란다.

그리고 사슴과 철새들의 보금자리가 되었다.
그리고 어룡 저수지에 열목어 등
희귀한 어종들이 눈을 껌벅껌벅
그 깨끗한 물과 자갈 속에 유유하다.
개구리가 그 병아리들과 함께 숲속에서
그 둥근 눈으로 새끼들을 보호하고 있다.

희고 검은 학 속에 재두루미가
고개를 숙여 먹이를 먹고 있다.
주위와 풀숲이 한적하다.
이 휴전선의 보고가 그대로 유지되기를 바라고
통일이 되어도 그곳이 휴전선 박물관(생태보고지대)으로
남아 우리에게 큰 허파의 역할을
할 수 있게 되기를 바란다.

개발이니 관광이니 연구니 하여
그곳을 건드리지 말기 바란다.
그대로 두면
그곳에 풀과 늪이 형성되고
그곳에 물고기와 새들이 서식하게 된다.
인류는 생태계나 자연에 조금도 도움이
되지 않는다는 것을 자각했으면 좋겠다.

생태계를 오염시킨 것은 인간들이 아닌가.
과욕한 인간의 매정한 태도가 이 생태계를
망하게 한 주범이라는 것을 잊어서는 안 된다.
더 이상의 과학의 발전과 그곳에
관한 연구를 안해도 좋을 것이다.

그대로 두면 된다. 정치나 사회나 다 마찬가지다.
더 발전하고 과욕을 부리면 결국
이 지구는 멸망하고 큰 재앙이 올 뿐일 것이다.
자연을 그대로 두어 두고 있는 그 자리에서
예방하면 그 숲은 다시 풍성하여지고
평화가 찾아올 것이다.

서로의 욕심을 버리고 소박한 마음으로
다가가야 될 것이다.

어머니의 강, 메콩강

메콩강은 중국 서북부 티베트 고원에서 발원하여
중국, 라오스, 캄보디아, 베트남을 거쳐
남지나해로 들어간다.
메콩강은 장장 1만리(4,000km)인데
1800km를 라오스를 지난다.

이곳에서 '어머니 강'으로
먹고 마시고 살아가는 원천이 된다.
그 황토빛 물결이 고요히 흐르고
스님의 온정이 깃들 듯 조용하다.
그곳을 중심으로 서민들의 생활과
위안이 되고 선자들의 명상의 장이 된다.

서민과 희로애락을 같이 한 메콩강의 서정은
언제, 그곳에 평화와 사랑의 길이 열릴까.
메콩강은 오늘도 유유히 그렇게 흐르는가.

그 비극 속에서
환희를 찾는 메콩강은 흐른다.

평화와 사랑 그리고
희망과 꿈 있기를

백마고지

6·25 당시 휴전을 앞둔 일주일 간
주인이 열두 번이나 바뀐 그 땅, 백마고지

그때 거기에 얼마나 많은
젊은이들이 희생되어 갔을까.

그 후 50년이 지난 지금 그렇게 다툼의
연속과 철조망이 엉키고 그러나 거기에
지금 보이는 '동족상잔반대' 하는 푯말이 보인다.

지금 거기에 남아 있는
젊은 영혼들이 무엇이라고 할까.
우리는 앞으로 무엇을 어떻게 하여야 될까.

그때 젊은이들을 잃은 부모의 마음
부인의 마음, 형제들 그리고 그 자식들은 지금……

국군 묘지에서 그들의 영혼을 위로할 것이다.
남북정상은 이 6월에 서로 만난다.
그저 만나서 분단 50년을 회고하고 서로 생사 확인 통신

통행의 자유만 누릴 수 있어도 우리의 한은 푸는 것이다.
내 조국 내 고향 내 땅을 마음대로 가고 오는 것이다.
더 무엇을 바라겠는가.
인간으로서 본성을 그리워하는 것이다.
삶이란 무엇이겠는가.

고별의 한限

바렌츠해, 그 유족 중 젊은 여인이
카네이션 한 송이를 바다에 던지며 오열하고 있다.
출렁이는 바다도 울고 하늘도 눈물을 흘리고 있다.
인간의 비극은 어디서 그칠 수 있고
삶의 불행은 왜 그리 자주 오는가.

죽은 사람의 운명과 산 사람의 슬픔을
무엇으로 달랠 수 있을까.
전쟁과 핵 개발은 막아야 한다.
영구 지구 보존을 위하여

망천아봉

우리 민족과 조국의 어머니와 같은 산
어머니의 포근한 가슴 같은 너그럽고 훈훈한 봉우리

만주 벌판에서 대륙의 외풍을 막아 준 천혜의 은혜
여기서 흘러내리는 23개의 작은 강줄기는
압록강을 이룬다.
압록강은 두만강과 함께 조국의 한계를 그려 주고
이 민족과 함께 하여 온 형제와 같은 강

은은하고 조용히 그래도 압록강은 흐르고 있다.

감자꽃 피는 계절

진한 보라색 감자꽃이 언덕에 가득하다.
감자는 인간에게 생명력과 생식력을 불어넣어 준다.
그 감자는 가뭄에 강하고 그 함유물은
인간의 인체에 이롭기만 하다.

그 꽃은 은은하게 피어 서민들의 사랑을 받는다.
소박한 시골 청년의 서정처럼 견실하고 곧곧하다.
감자꽃 피는 계절, 민족의 통일의 물결 함께 하오니
그 꽃과 결실처럼 만인에게 고루 이어지기를

고독의 강

붉은 포도주 한 잔 흰 포도주 한 잔을 단숨에 비운다.
흘려진 필체로 지나간 세월의 흐름을 찾는다.
기록 없이 대화하는 쌓여진 교양과 예술성

그는 고독의 강을 이루고 있다.
누구도 그의 깊은 마음을 읽을 수 없고 내놓지 않았다.
그 강은 도도히 흐를 것이고
민족의 기둥으로 길이 남으리

희망과 꿈 그리고 사랑이 넘치는
큰 예술의 강으로 깊게 유유히 흐르리

강가의 두 마을

압록강은 조용히 흐른다. 강은 냇물처럼 보인다.
강을 사이에 두고 두 얼굴의 도시가 그림을 그린다.
저녁 밥을 짓는 연기가 정다운 마을
현대로 발전하는 밝은 건물들이 이어지는 마을

강물은 같은 마을을 지난다.
강 따라 그리움 나뉜다.

누가 이 마을들을 이렇게 갈라 놓았는가.
왜 우리는 이렇게 한을 안고 살아가야 하는가.

강가에 코스모스는 피어 가을 바람에 흩날리고 있다.

철 새

그르륵그르륵

가을 철새 소리 들려 온다.
큰 눈 가을 등불 삼아 남으로 남으로 내려온다.
부리를 선두로 목을 빼고 날개를 펴고 다리를 쭉 뻗고
혼신의 노력으로 날아온다.

이곳저곳을 헤이며 며칠씩 지내고 다시 날은다.
몇 달을 몇 해를 그리고 몇십 년을 몇백 년을
몇천 년을 이어 온 세월 속의 계절이다.

끄르륵그르륵 철새 지나가는 소리 가슴 적신다.

홍천강 겨울 풍경

청푸른 홍천강 어둠을 끼고
흐르는 언덕의 석양
강 위 언덕으로 붉은 색
열차가 소리내며 지나간다.

눈발이라도 흩날리면 나그네의 심정은 어떠할까.

홍천강 겨울 풍경은 세월이 지나고
또 지나도 그렇게 옛 같은 서정은 늘 살아 있을까.

홍천강 겨울 풍경은 아무도 없는
오리들만이 오고 가는
명사십리에서 더 발을 멈추게 한다.

겨울 풍경 그것은 나그네를
그 자리에 멈추게 하는가.

민통선에 날으는 두루미 떼

왜 두루미는 민통선에 모여 그곳에서
서식하고 그렇게 떼를 지어 날을까.
누런 평야 숲이 띄엄띄엄 보일 뿐 아무도 없다.

재두루미들
그들뿐이다.
훨훨 날으고 모이를 찾고 서로 고르륵, 꼬르륵 댄다.
그곳에는 독수리도 있고 사람도 더러 보인다.

그래서 두루미는 그들을 피하여
서서히 하나둘 흩어지는가.

두루미 떼는 또 줄을 지어 훨훨 날은다.

자유롭고 여유 있게 훨훨 날은다.
남으로 갔다가 다시 북으로 간다.
이 누런 벌판, 푸른 하늘을 훨훨 날은다.
민통선을 자유롭게 오고 가는 저 두루미 떼들

평화와 사랑 그리고 생명의 미래가 흐르는 땅으로
영원하거라, 그대들이여.

소를 보면서

초여름 들길
잔잔히 흐르는 시냇가에
비가 내린다.

검은 바둑돌 언덕에
어미소, 송아지를 끄는
여인 하나 비닐옷 입고 지나간다.

소도 여인도
빈 들길도 다 메마르고
향수적이다.

고향을 떠난 황소
그 거치른 땅
매서운 겨울 어떻게 지날까

소나 사람이나 그리운 고향
보고픈 형제들

가을 익은 임진강

태양은 서산으로 지는 듯
붉은 노을이 산과 숲에 어린다.

강물은 붉은 빛으로 반사되고
숲은 보라색 여울로 자욱하다.
가을 익은 임진강
그 향수와 우수에 깊어 간다.

섬진강 은빛 물결 속
조각배 한 척 한가롭기만 하다.

그 물결 그 여인이 무엇을 찾으며 헤어 가는가.
서민의 행복과 서민의 슬픔을
함께 타고 가는 저 조각배
가을 익은 임진강 영원한 향기
그곳에 있기를

아, 그리운 임진강
그곳이 민족의 환희와
통일의 광장이 될 수는 없을까.

가을 먹는 임진강은
오늘도 철새와 그리움 속에
깊어만 가네

고구려의 회상

백두산 천지
푸르름 속에 들꽃이 한창이다.

장백폭포의 장엄한 절벽
떨어져 흐르는 물결

그 깊은 천지와 솟아오른 봉우리들

압록강, 두만강
수천 리의 계곡과 늪, 흐르는 물결

그 완만한 산등성이들
유유히 흐르는 평화로운 강물

그 속에 여인들이 빨래를 하고 아이들은 헤엄친다.
그렇게 토속적인 배달민족혼이 어린
그 땅에 왜 우리는 자유롭게 오고 갈 수 없는가

산 그리고 강,
하늘이 함께 보랏빛 여울로 은은하다.

백두산 들길

수묵한계선의 정경은
우리가 바라볼 수 있는
순박하고 서정으로 은은한 산길,
곡선 그리고 억새풀처럼
자라난 잡목들의 물결

화산재와 산봉우리들 언제까지
우리가 이렇게 싱싱한 풍경을 볼 수 있을까.

흰빛에 보라색 여울로
가득한 백두산 들길

인간의 숨결이 보이지 않는 황막한 그 들길
그런 황무지가 우리 곁에 있다는 것은
큰 행운이라고 할 수 있을까.

눈쑥부쟁이

흰눈이 보이는 한라산을 바라보며
양지바른 골짜기에
한 송이의 눈쑥부쟁이 피어 있다.
겨울 바람 뚫고 핀 자줏빛 생명
한 떨기 들국화처럼 청청하여라.

멀리 푸른 바다
파란 하늘
싸늘한 바람이 불어온다.

갈대 풀, 누런 숲에 싸인 한 송이
눈쑥부쟁이 은은한 향기 이어 온다.

그 깨끗한 곧곧한
생명의 혼(魂)은 어디서 오는가.
어디로 갈 것인가.

그리운 내 고향
보고 싶은 얼굴들
세월은 간다.
부엉이 소리 따라

유월의 소

오대천에 다리를 담그고
혀를 내민 황소가 의젓하다.
맑은 물 파란 언덕과 숲
누런 황소가 한가롭다.

볼이 휘어지고 허리가 굵고 다리가 튼튼하고
엉덩이가 평평하다.
개천에서 아이들이 고기를 잡고 감자술 향기가
은은하게 스며든다.
강원도 저주의 담백하고 은은한 향기는
여인의 숨결처럼 따스하다.
푸른 물결 하얀 바위들 그리고 누런 황소의 모습에서
그리운 고향이 한가롭다.

임진강은 흐른다

임진강은 흐른다. 왜구의 침입에도 또
민족상잔 속에서도 흘렀다.

임진강은 흐른다. 평화와 사랑을 띄우고
돌아오지 않는 다리가 돌아오는 다리로
서로를 바라만 보고 그리워하고
가슴을 태우던 저 임진강

철새들이 오고 가고 갈대숲만이 우수 어린 소리를 낸다.
아, 임진강이여, 이 민족의 통일의 강이 되기를

통일을 그리는
임진강은 그래도 흐른다.

휴전선, 북한강

하늘에서 본 휴전선, 북한강 줄기 청푸른
산에 하얀 물줄기가 굽이굽이 흐르고 있다.
북에서 와서 남으로 흐르는가.
누구의 꿈이 누구의 그리움이 강물처럼 흐르는가.

천년, 만년을 이어 온 강줄기가 동강이 나고
형제가 오갈 수 없는 철조망이 가려졌다.
그래도 강줄기는 흐르고
두루미는 날아오고 노루와 사슴은 오고 간다.

아! 푸르른 산줄기 흐르는 강물,
들려오는 새소리 여전한데
이 땅에 평화와 사랑은

감악산

파주 이 감악산에 오르면 임진강이
유유히 흐름을 읽는다.

탁 트인 시야 서쪽으로 강화도가 보이고
남쪽 북악산, 북쪽으로는 송악산이 보인다.

우주 한가운데 있는 듯 장엄한 풍경이다.
1951년 4월 밀려드는 중국 군인들과 영국군이
전쟁을 하여 거의 영국군이 전멸한 곳이다.
그 많은 넋들이 산과 강 하늘에서 방황하리라.

이 어두웠던 우수 어린 산하에 평화의 종소리는
그대로 울려 퍼지려나

바다가 보이는 화진포

청푸른 솔잎 사이로 보이는 바다
멀리 보이는 해안의 모래밭
밀려드는 하얀 물결

붉게 보이는 해당화의 의지
화진포는 무엇을 기다릴까.

실향민의 그리움과 화해의 물결 속에
조용히 익어 가는가.

화진포 송림과 바라보이는 물결
그리고 먼 하늘의 그리움
아, 화진포의 여름은 민족의 애수와
사랑을 그리는 하나의 풍경화

7월의 백두산 천지

푸른 물결 청푸른 산 언덕
봉우리에 흰 구름
파란 풀 위에도 흰 안개가 자욱하다.

하얗게 무리를 지어 피어 있는 만병초 꽃들이 향기롭다.

내 조국
내 땅을 걸어서 갈 수 있는 그날이 오기를 바란다.

이 장엄하고 엄숙한 천지 앞에 누가 인간의 욕심과
이해를 말할 수 있을까.

독립을 위하여 몸바친 선열들 민족전쟁에 희생된
영혼들 모두가 하나되어
화합의 물결, 통일의 소원을 그리는 것이 아닐까.

아, 7월의 백두산 천지여
그 넓고 깊고 큰 포부여, 희망과 사랑이여

그 장엄한 7월의 천지여, 이 민족에게
진정한 사랑과 통일의 길이 열리기를

저 높은 봉우리들 깊은 물이 거울처럼 맑고
저 아름다운 꽃들이 바람에 날리고 있다.
아, 화해와 평화 고뇌와 우수 어린 서민의 슬픔이
거두어지기를

나라사랑, 한마음

윤석중, 김동진 나라사랑,
애국가를 통일의 노래로 작곡한다고
참으로 눈물겨운 사랑의 노래

동해물과 백두산이 없어도 이 배달민족은 맥맥이
흘러 지구 역사 속에 영원할 것이다.

아, 그대들, 애국자
어린이 사랑, 예술의 사랑

아, 그 애국혼 영원하기를

진정 누가 우리를 도울 수 있을까.

남북통일, 전쟁이 없이 통일은 가능할까.
우리는 할 수 있다. 가슴을 열고 뜨거운 마음으로
나의 욕심을 버리면 통일은 가능하다.

진정, 조국을 위하고,
미래와 후손들의 자존과 그들의 행복을 위하여
누가 도와줄까.
코피아난 UN 사무총장 등 진정한
인류의 평화와 사랑을 기리는 사람들

그리고 남북의 선량하고 자존심이 강한
국민들이 힘을 모아 도울 수 있지 않을까.

서로의 가슴을 열고 나의
조그만 욕심을 버리고 우리 민족의 아픔과
그리움을 찾아서 저 통일의 큰길로 나가자.

그러면 독립을 위하여 처절하게 희생된 선열들과
6·25 전쟁으로 산화한 수많은 젊은이들의 넋이
우리 통일을 도울 것이다.

그들은 오직 조국의 독립과 통일을 위하여
꽃잎처럼 생명을 바쳐 헌신한 것이 아닐까.

그들의 영혼을 잠재우고 배달민족이 무궁한 희망과
큰 뜻을 위하여 함께 통일의 길에 힘을 합하자.

민족이여
조국이여
통일이여

지하철역 백두산 풍경

한 폭의 백두산 천지가 포함된 웅대한 풍경화이다.
뭉게뭉게 피어오르는 구름, 눈이 하얗게 덮인
산 언덕과 파란 천지가 조용하다.

붉고 노란 풀꽃들이 초봄인 듯하고
풍경은 입체적으로 살아 있는 듯 보인다.
그것은 물감이나 색채가 아니고
자기(타일)로 만든 쪽그림(모자이크)이다.

그 구성과 정성이 진시황 능의
군마와 비슷한 착상인 듯 커 보인다.

예술의 한계를 무엇으로 구분하랴
그것은 얼마나 순수하게
정력을 집중했는가에 있지 않을까.

북녘 고향 땅을 바라보며

고향 산천이 그리워 홀로 연평도에 삽니다.
고향은 황해도 옹진군 봉구면 지금 주소는 인천,
옹진군 연평읍 70세, 부인과 아들은 서울에서 살고

그 나이가 되면 어릴적 그곳이 얼마나 그리울까.
바다 건너 고향 산, 그 집이 보이는 듯 아련하다.

6 · 25 전쟁과 월남 파병으로 몸은 상처투성이,
50년이라는 영욕의 세월이 물 흐르듯 지나갔다.
50년간 응어리진 이 가슴이 내 고향을 찾을 수 있을까.

가보고 싶다 내 고향으로

목 선木船

먼 바다를 바라본다.
갈매기 두 마리가 차례로 날은다.

목선은 이제 닻을 내리고
그대로 주저앉아 있다.
바위가 가로막힌 뜰 같은
물에서 먼 바다를 바라보고 있다.

겨울 바다는 아직
거친 바람으로 물결친다.
회색빛 여울로 가득한
겨울 바다는 무엇을 기다릴까.

이 옛 목선이 그래도
물결을 헤칠 계절을 기다리는가.

공해상에서 목선은 어디로
키를 돌려야 할까.

자유여 꿈이여 희망이여.

노 루

눈이 내리고 있다.
내리다가 멎은 하얀 언덕 나뭇가지도
하얗고 들도 모두 하얗다.
그러나 노루 두서너 마리가
푸른 풀잎을 찾아 먹고 있다.

나뭇가지에 눈이 어려 노래하는 듯
그 노루들은 얼마나 추울까.
포근할까.

사랑스러운 모습들로 그 언덕에 서성인다.
언제까지 그렇게 평화스러운 정경이 이어질까.
귀가 종긋종긋 눈을 맞으며
눈을 크게 뜨고 멀리 바라본다.
고개를 들고 뿔들이 뾰죽뾰죽
나오기 시작하여 통통한 몸매 풍요로워 보인다.

파란 배추잎을 먹으며 명상에 잠기는가.
지난날을 후회하는가.
새로운 희망을 꿈꾸는가.

노루 가족의 온화하고 화해로운 모습이
그 언덕을 빛내는 듯하다.
자연은 그래도 아름답다.
아직 살맛이 있는 듯

휴전선의 노루는 어디로 가야 할까.
남으로 갈까, 북으로 갈까.

한파에 웅크린 철새들

동장군의 기습으로 수은주가 영하로 계속되는
2월 8일 철새들이 서울 밤섬 모래틈에서
웅크리고 강바람을 피하고 있다.

그 오리떼들이 머리를 깃털에 묻고
따뜻한 햇빛을 그리며
추위를 피하는 모습이다.

성에 위에 웅크리고 기다리는 것이다.
너희들의 어려움은 며칠 지나면 해결될 것이다.
따뜻한 계절의 향훈은 입춘을
지낸 대지를 서서히 녹여 줄 것이다.
너희들이 힘이나 고개를 들고
날개를 움직여 창공을 향하는 날

희망과 환희는 다시 너희들의
노래와 가슴속에 물결칠 것이다.
과연 이 우주의 신비를 누구라서 설명하고
자연은 영원히 아름다운 곳 살 만한 곳으로 느껴진다.
웅크린 철새가 마음껏 날을 수 있는 날을 기다리면서

아, 어느덧 겨울을 먹은
고니 떼가 을숙도의 물결을 차고 날은다.
너는 어떻게 이곳을 그렇게
못 잊어 다시 찾아오는가

2

겨울 철새

겨울 철새

아, 어느덧 겨울을 먹은
고니 떼가 을숙도의 물결을 차고 날은다.
너는 어떻게 이곳을 그렇게
못 잊어 다시 찾아오는가.

너는 몇 번이나 이곳을 오고 갔는가.
올 때마다 무엇이 어떻게 다르던가.

그렇게 목이 길게 그렇게 넓은 날개
희망찬 너의 꿈은 무엇이냐.
꼬르륵꼬르륵 누구를 부르는가
어디로 가는가.

인간은 만물의 영장이라는데
철새도 제철따라 오고 가는데

왜
우리는 부모 형제
그리운 사람들을
만날 수 없는가.

가슴 조이며
기다리는
아, 철새여
민족이여.

아! 6·25

6·25 50주년이다.

풀포기를 가슴에 들고 어린아이를 업은 부인이
먹을 것을 만지는 여인의 손길을 들여다보고 있다.
잔등의 어린아이도 그것을 바라보고 있다.
어린아이를 업은 여인의 남편은 어디 있을까.
그 어린아이의 형제들은 집에 있을까.

누가 우리의 가슴에 총을 겨누었나.
왜 3·8선이 생겼는가.
왜 우리는 전쟁을 했을까.

바닷가 언덕 밑에 임시 검은 솥이 보인다.
빨랫감이 널려 있다.
왜 우리는 그날을 잊지 못하는가.
왜 우리는 전쟁을 했을까.

난파 생가

홍난파, 고향의 봄, 성불사의 밤, 봉선화 등
참으로 가슴 조이는 곡들이다.
그 어려운 시기에 국민들의 향수로
위안으로 찾아들었던 민족의 얼

그 생가 초가 감나무가 하나, 싸리문과 동창이 환하다.
'울 밑에 선 봉선화야 네 모양이 처량하다'
아버님 세대에 그렇게 그립게 부르던 가곡들

고향의 봄, 나의 살던 고향은 꽃피는 산골
가슴이 쓰리게 다가온다.
인간은 영원히
그리워하며 사는 것일까.

광 야廣野

저 허허로운 광야
고목古木 한 그루
독수리 한 마리 앉아 있네

눈을 부릅뜨고 발톱을 조이고 있네
노인은 한 발 두 발 걸어간다.

바람은 세차고 해는 지고 있다.

옛날 친구들과 물놀이하던 대동강

꿈이 아닐까.
70년 전 그 어린 나이에 아이들과 그렇게 청푸른
강에서 헤엄치고 물장구 치던 곳
60년 전 그 눈이 내리고 얼어붙은 강가에서
썰매를 타던 그 대동강

전쟁으로 철교가 떨어져 나가고 그곳을
걸어서 비켜 3·8선을 넘어왔다.
어언 50년이 지난 지금 나는 다시 이곳을 찾았다.
그래도 대동강은 푸르고 유유히 흐르고 있었다.

옛 친구들을 찾아보고 부모 형제들을 찾아본다.

비 통悲痛

러 침몰 잠수함, 승무원 전원 사망 소식을 들은 가족들
한 노인이 코 위에 손을 대고 입을 꼭 다물고
눈을 감은 채 비통해 한다.

그 옆에 있는 다른 아들 같은 사람이
허공을 바라보며 애원하는 눈동자가 처절하다.

왜 이런 고통을 받아야 하는가.
우리는 좀더 평화 공존의 세계에서 살 수는 없을까.
무모하게 희생된 그들의 영혼에 무운을 빈다.

백두산 호랑이

백두산 호랑이
너의 운명도 서러워 보인다.
고향 산천 그 가족들 다 버리고 홀홀단신 그게 웬말이냐

너의 의사와는 아무 상관 없는 운명의 손짓이구나

네나 나나 온 민족 모두의 비극이다.
타의에 의한 가련한 모습들

언제 이 산하를 네 마음대로 마음껏 포효하고
큰소리칠 수 있겠느냐.

자유여 평화여.

임진강 주변의 화음

내버려 두었던 비무장지대를 개축하여
철도를 다시 놓고 강둑을 다시 쌓아 수해를 방지하자.

'달리고 싶다'던 철도를 이어 평양, 신의주, 심향,
시베리아, 유럽으로 달리자.
백두산을 거쳐 기찻길로 원산, 서울로
올 수 있을 것이다.
걸어서 휴전선을 넘어 개성으로 갈 수도 있고 개성에서
점심 먹고 서울로 올 수도 있을 것이다.

임진강, 잘렸던 철도들
아, 철새만이 오고 갔던 그 강변
우리도 가자. 너희도 오너라.
임진강, 푸른 물결, 겨레의 숨결

아, 화음은 통일의 길로

들국화와 군인

휴전선이 조용하다. 갈등의 소리
비방의 소리는 들리지 않는다.
6월의 숲, 6월의 푸르른 언덕에 들국화가
환하게 피어 군인 곁에 키만큼 서 있다.

노란 꽃술에 흰 꽃잎들이 해바라기처럼
피어 바람에 흔들리고 있다.
6·25 때 병사들, 그대들의 넋인가.

아, 그대들이여,
이 땅에 평화가 올 것인가.

낙동강 철새

낙동강에
학이 날은다.

훨훨 학이 날은다.
날으고 뜨고
또 앉는다.

줄기줄기 목을 돋우며
하늘을 바라본다

학이 날으는 낙동강
그래도 찾아오는 학

그 학이 오는 한
우리는 살 수 있다.

현 사회가 안개 속 같고
인간들의 무리의 허구에서도
학이 있는 강

그곳에는 미래와 꿈이
있어 살 만한 것이다.

백두산 산천어

푸른 듯 흰 복판에 유연한 지느러미와 꼬리
깨끗한 물과 우아한 돌숲에서 유영해 간다.
너의 조상은 누구이며 어디서 와서 어디로 가려는가.

청수淸水, 유어遊漁 네 모습이 선인仙人의 갈 길인가.
말없이 유유히 깨끗하게 사는 듯 보인다.

고향으로 가는 철새들

천수만에서 서식하던 노랑부리 저어새가 떼를 지어
북으로 날아간다.

검은 부리 검은 다리를 뒤로 하고 흰 날개를
훨훨 날아간다.

월하月下 맑은 하늘에 고향을 찾아가는 철새들
크나큰 상념을 뒤로 하고 희망찬 날갯짓에 힘이 솟는다.
꼬르륵꼬르륵 저어새는 간다.
훨훨 날아 고향으로 돌아간다.

휴전선의 학

휴전선 거친 들에
목이 검은 하얀 학이 모여 있다.

유연하고 우아한 모습
평화와 사랑으로 자유스런 네 모습
너를 보면서 우리는 무엇을 하나.

휴전선의 자유로운 네 모습 보면서
인간인 우리가 서럽고, 애처로워 보인다.

휴전선의 학.
너를 그리는 마음.
자유와 평화 그리고 화합하는 네 모습

철새의 비상

수없이 많은 철새들이 호숫가에 날아든다.
하늘을 훨훨 날아가고 훨훨 날아온다.

둥글둥글 바위 틈에 물 사이에
하얀 고니가 웅크리고 앉아 있다.

날으고 서성이고
다시 망설이는 너희들

너희들은 어떻게 와서 어디로 가느냐.
그 머나먼 길을 그 가냘퍼 보이는 날개로
그 다리로 그렇게 오고 갈 수 있는가.

알 수 없는 힘, 생명의 신비

평양 교예단

신기의 몸부림은 황홀했다.
가슴이 탁 트이는 건강하고 소박한 정서가 있었다.
널뛰기, 쌍그네 등에서 우리의 옛 것을 보는 듯
하면서 현대감각에 그 특징을 읽을 수 있었다.

장대 재주는 장대에 매달린
한 송이 미인화를 보는 듯하였다.

탄력 비행은 공중에서 날아다니는
왕잠자리의 비행과도 같았다.

우리의 전통과 현대의 무용을 겸비한 듯 신비스러웠다.
신기의 예술, 깊이 흐르는 삶의 건강함과 소박함이
끝없이 이어지고

시원스럽고 감격한 여름 밤의 향연이었다.

초승달 같은 해변

비무장지대 최동쪽, 바다와 해변 그리고
숲에 어린 하얀 선은 초승달처럼 깨끗하고
아름다워 보인다.

3 · 8 선을 긋는 데 30분,
3 · 8선을 중심으로 남북전쟁 3년

그리고 남북 정상이 만나는 데 50년이 걸렸다.
누가 그 선을 긋고 누가 누구에게 총을 겨누고
이제 우리는 어떻게 하여야 되는가.

바다 속으로 은은히 보이는 말무리 반도 왼쪽은
금강산, 산과 바다가 하나의 걸작 풍경이다.
죽음과 정적의 땅이 생명과
희망의 땅으로 꿈틀대는 듯.
어느 두 연인은 그 지뢰밭 사선을 넘어
자유의 품으로 돌아왔다.
철조망을 철거하고 우리 함께 손잡고
'통일의 아리랑'을 높이 부릅시다.

베를린 장벽을 부수던 망치 소리보다
더 장엄한 함성이 될 것이니.

순국 선열과 희생된 젊은 넋들이여
통일이 되는 그날, 편히 쉬소서

조국이여 민족이여 통일이여.

북한산 까막딱따구리

까만 옷에 벼슬만 빨갛다.
그 단단한 부리가 두 새끼의 입 앞에 있다.
그 발톱 그 부리는 얼마나 강하여
그 오래 된 나무를 찍어낼 수 있는가.

6월 17일 북한산에 둥지를 튼
두 마리 새끼와 까막에미가 선명하다.

서울 근교에서 발견된 것은 1930년 이후 경사란다.

이 땅에 길조의 징조가 되기를
너는 의지와 집념이 얼마나 강하면
그렇게 집중된 힘이 방출될까.

얼마나 깨끗한 환경에서 수련하면
그만한 경지에 이르는가.
딱따구리 검은 색 옷과 두 새끼
그리고 에미, 검은 나무와 푸른 숲.

아, 너의 주변은 이 나라의 선경仙景,
하나의 깊은 풍경이다.

상하이의 여름

시원스럽다 황포강의 여름이여
역사의 흔적들
독립투사의 영혼들이 숨쉬는 곳

옛것과 새것이 어울린 장엄한 향연이여
아, 중국의 서민들의 서정으로
민족정신을 읽을 수 있는 황포강이여

그 큰 옛 건물과 현대의 문명의 상징
황포강의 여름, 그리움과
장중한 여운이 가슴을 짓누른다.

노랑부리 백로

세계적으로 희귀조인 노랑부리 백로가
천여 마리나 서식하는 것이 발견되었다.
옹진군 한 무인도에서 노랑부리 백로 새끼가
먹이를 구하며 입을 벌리고 있다.

얼키설키 나무 집과 그 새끼들

평화와 사랑의 그림자가 휴전선에 펼쳐질
길조吉鳥의 출현인가.
휴전선의 봄은 여기에서도 소리내어 풍경 이루는가.

남북이 서로 만나
통일이 되는 그날
그 백로들은 훨훨 춤을 추며 날으리

민족의 화합의 합창
통일의 승리의 노래는
하늘 끝에 이어 가리.

아, 그리운 강산
평화와 사랑의 길로

조국 분단

통일이 된다면 전쟁 없는 통일이 될까.
전쟁으로 통일이 될까.

우리 민족은 선량하고 정의롭지만 언제나
외세에 의하여 영향을 받아 왔다.
통일은 될 것이다. 그러나 전쟁 없이 통일이 될까.

좀 더 진지하고 소박하게 논의 되기를

전쟁의 상흔

전쟁의 슬픔은 인류의 육체와 정신을 파괴한다.
전쟁은 문화유산과 예술적 분위기를 파멸시킨다.
전쟁은 자연을 파괴하고 환경을 오염, 질병을 유발한다.
전쟁의 상흔은 인류의 평화와 사랑에 오점을 남긴다.

전쟁의 상흔으로 이산가족, 민족 분열을 가져오고

상봉, 다시 이별
상흔의 연속이 있을 뿐

분단의 슬픔
전쟁의 상흔은 언제 이 지구에서 없어지려나

흘러간 민족 지도자들

고향이 남인데 북으로 가고
고향이 북인데 남으로 오고
분단을 예견한 민족 지도자들은
6·25 전쟁 전
또 6·25 전쟁 중
또 6·25 전쟁 후 희생되었다.

통일을 염원한
무수한 지도자들
무수한 양민과 형제들이 희생되었다.

누가 이 땅을 갈라놓았고 누가 우리를 희생시켰는가
우리는 가슴에 손을 얹고 조용히 생각해 보자.

계웅산 계곡

비무장지대 해발 600m
평강고원에 계웅산 계곡이 있다.

아무도 없다. 50년 전 그렇게 전쟁으로
휘말렸던 아무 기억도 흔적도 없다.
늪 근처에 제비꽃이 빵긋이 피어 있다.

그 늪에 붕어며 민물고기들이 뛰놀고 있다.
그 늪지대는 한탄강으로 이어진다.
생태계의 중추를 이어가는 비무장지대는
생명의 원천으로 세계사에 길이 남을 것이다.

누르스름한 억새풀들
그 사이에 고사목 한 그루 그 밑에 보라색 제비꽃이
피어 바람에 날리고 있다.
고라니 두 마리와 노루 한 마리가 더위를 씻는 듯
다리를 담그고 물을 먹고 있다.

6월의 햇살은 뜨겁고 더러 불어오는 바람은 감미롭고
그때 50년 전의 그날을 잊은 듯 조용하다.

용교, 농다리

천년의 다리, 농다리 검은 돌로 얼기설기 변함없이
그 자리에 있다.
얼마나 많은 세월 풍파와 홍수에 시달렸을까.
얼마나 많은 애국지사와 선량한 사람들이 오고 갔을까.

비에 씻기고 전쟁에 놀라고
계절의 향훈에 적응하면서 그 자리에서 천년을 지냈다.

물이 변하여 탁류가 되고
세상과 인심이 변하는데 다시 맑은 물로
그리고 우리의 마음도 씻어 그 용교龍橋에 맞는
그날의 인심과 자연으로 만들 수는 없을까.

그 검고 우둔하여 보이는 지네와 같은 다리에
아이들 데리고 한 중년 남자가 지나간다.

천년 만년 헤어 갈 자연이여
자연과 우주는 무궁한데 인간의 인심은
세월 속에 흘러가니
참으로 내가 있고 내가 사는 일 알 수 없어라.

그저 흩어져 한낮 흙처럼 먼지처럼 가버리는 것을
흐르는 시냇물이 옛과 같이 되기를

흑고니

흑고니의 비상飛翔이
새해를 맞는다.
푸른 바다에 흰 물결
그 속에 흑고니는 물을 차고 날은다.

다시 모여 여기저기 물결을 친다.
봄이 오는 소리로 날개춤을 추는가.

그리운 사람을 그리는 사랑의 노래인가

흑고니 뛰노는 화진포의
겨울은 사랑의 계절인가.

흑고니는 사랑을 싣고
봄에는 북으로
가을에는 남으로 온다.

아,
우리는 흑고니를 보면서
그리운 고향 가슴으로 그리나

아, 흑고니 노는 내 고향의 봄
나는 언제 가려나

뗏목의 향수

아, 잔잔한
물결에 얼기설기 매어진
뗏목이 흘러간다.

여름 모자에
베 잠방이 차림으로
그 굵은 동앗줄에 몸을 기대어
서 있다.

동강의 뗏목이 그림처럼
흘러내린다.

동강의 뗏목을 보면서
적어도 70년 전의 압록강
뗏목의 영상을 읽는다.

겹겹이 쌓인 강가에서
그렇게 맑은 강물에
젊은 서정을 싣고 뗏목은
물결 따라 떠났으리니.

뗏목은 우리의 꿈, 우리의 낭만과 삶

설의 회상

떡방앗간에서 흰 떡가래가
줄줄이 이어 나온다.
그 떡가래를 보면서
흘러간 50년의 세월을 그려 본다.
흰 떡가래, 조청에 찍어 겨울 밤
할아버님 곁에서 옛 이야기를 듣던 일

할머님 어머님 그리고 고모님들이
주시던 수정과와 구운 떡가래

밖에는 눈이 하얗게 내려 쌓이고
사랑방에 빨간 매화 한 송이 피어나던 그 시절

앞 냇가에 기러기 날으고
뒷산에는 토끼와 노루가
겨울 동산을 거닐던 그때
그렇게 평화롭고 그리던 그날들이
어느덧 60년이라는 세월이 지나가 버렸다.

뒤뜰에 청푸른 대나무숲
사랑방에 청년들이 모여들고

윷놀이를 하던 그 깊은 서정
지금 그들은 다 어디로 갔는가.

찾을 수 없는 세월의 흐름이 가슴을 적신다.
새천년 새 아침이 밝아 온다.
올해는 유난히도 눈이 많이 내린다.
내 고향에 그 뜰에 그렇게 눈이 많이 내렸었다.
우물에 김이 무엇무엇 나던 그 시절이 눈에 어린다.

사할린 동포의 설움

60년간을 그 추운 사할린에서
고국을 그리던 그 뼈에 사무치던 설움들

1938년 국가 총동원령에 의하여 사할린
탄광과 군사기지 건설을 위하여
징용되었던 사람들과 그 자녀들

올 수 없었던 땅에서
봄을 맞이하였고
다시 고국에 돌아오게 되었다.

형제가 붙잡고 공항에서 그렇게 오열한다.
어디서나, 어느 땅에서나
마음대로 오고 갈 수 없는가.

이 민족의 설움을 누가 풀어 줄 수 있는가.
앞니가 없고 굵어진 손가락과 그 깊은
주름들이 얼마나 고생하였는가를 읽을 수 있다.
그대들 고국에서 이제 편안하게 행복하게 지내소서.

고향은 언제나 그립고 고국은 가슴속에서

살아 오르는 것 민족의 품에서
우리는 평화를 찾아야 될 것일세.

그 깊은 고뇌와 설움의 한평생

진달래 물결

보랏빛 여울진 진달래 물결이 파도와 같다.
풍성한 여인의 마음과 같은 화려함이 은은하다.

남북 정상회담, 16대 총선
강원도 산불 그리고 황사와 바람

모든 것을 잊은 듯 진달래 물결은
풍성한 삶의 향기와 여운을 남긴다.
남녘은 불꽃처럼 타오른다.
평화와 사랑의 길을 따라

모든 것이 정착되고 누구나
다 함께 자연을 즐길 수 있는 그날이 오기를

만남의 환희

만남의 환희

45분이면 올 수 있는 길을 55년을 기다렸습니다
천만 이산가족의 슬픔과 그리움이 어떠했을까요

부모, 형제, 연인들
얼마나 만나고 싶고 가고 싶었을까.
제한된 삶의 공간 속에 세월은 가고
깊어 가는 시름과 고뇌

아! 우리는 만날 수 있는 시간이 다가왔다.
만날 수 있다는 희망, 이 환희, 이 감격 어이하랴.

민족이여 통일이여.

남과 북

이산가족 상봉을 위하여 평양에 간 할아버지,
할머니들 '평양' 간판이 들어 있는 기념사진 한 장
거기에는 남과 북이 하나된 마음의 고향이 있다.
어려서 뛰놀던 그곳을 할아버지가 되어 돌아왔다.
누가 나를 이렇게 늙게 했나.

누가 나를, 내 고향을 못 찾게 했나.
내 나라를 내 마음대로 갈 수 없고
내 민족을 내 가족을 못 만나는 나라가
이 지구상에 어디 있는가.

우리는 벗어나자 이 굴레를. 자유를 찾자.
인격人格을 찾아야 한다.

잡은 손

창밖으로 손이 나왔다.
한 손으로 또 한 손으로 세 손이 만났다.
호각 소리가 들리고 차는 엔진에 불을 붙였다.

50년을 기다려 만난 손
창밖으로 나온 아버지는 노년
창밖에서 맞는 딸들의 손길
그들은 손을 놓을 줄 모른다.

차는 서서히 떠나기 시작한다.
잡은 손을 놓을 줄 모르고 따라간다.
잡은 손을 놓을지 모르는 그들의
심장과 정신은 어떠할까.

우리는 왜 이렇게 슬픈 현실만이 연속되고 있을까.

통곡의 벽

3일간을 만나고 헤어지는 광장 그것은 하나의
통곡의 벽이었다.
눈을 꼭 감은 안경 속에 보이는 빗방울 같은 눈물
어머니의 흰 머리가 아들의 머리에 흩날린다.

얼굴과 얼굴
머리와 머리
마음과 마음
정신과 정신이 어린 그 벽에
그 벽은 하나의 '통곡의 벽'으로
이 땅에 그대로 남으리라

이 시간과 공간을 넘어 이들의 고뇌와 그리움
달래 줄 수 있는 것은 과연 무엇인가.

영혼靈魂의 빛

그대는 갔습니다.
바다가 보이는 저 언덕에서 당신은 갔습니다.
벌써 50년이라는 세월이 지났습니다.
그가 보내온 그 바닷가 그 언덕길을 보면서
나는 그대의 이름을 불러 봅니다.
당신은 어디 계십니까.
왜 대답이 없습니까.

나는 당신이 앉았다가 간 그 자리에 앉습니다.
그 무더운 날 그 젊은 나이에 처절悽絶하게
산화散華한 당신을 그려 봅니다.
왜 당신은 이 계곡에서 그렇게 처참하게 가야 했습니까.
왜 당신은 지금도 이 계곡에서
그렇게 고뇌와 방황 속에서 계십니까.

저와 함께 갑시다.
당신이 그리던 그 고향 땅으로 편안한 마음으로 갑시다.
아이들이 다 성장하여 성공했고 내가 있는
저 평화로운 땅으로 갑시다.
군인은 누구를 위하여 무엇을 위하여 목숨을 바치는가.

길이 편안하소서.
그 영혼의 빛은 통일의 여명으로 이어지는가!

철조망 앞에서

이중 삼중 두터운 철조망 사이로 고향이 보인다.
나를 기다리는 어머님, 두고 온 아들놈 어느덧
50년이라는 세월이 가버렸다.
가슴에 서린 마음, 그 언덕,
풀꽃 향기, 그 흐르는 강물들이 선하게 보인다.

걸어서 한 시간 거리를 50년 이상 기다렸다.
저 철새들, 저 물고기들은 마음껏 오고 가는데
아, 그리운 내 고향 내 앞에 다가오려나.
서리는 마음

백만 어머니의 절규

백만 어머니 행진
총기난사 사건을 없애기 위하여
'총기를 규제하자'는 절규였다.

60개 도시에서 어머니날 일제히 진행되었다.
여행객이나 부녀자들이 마음 놓고 다닐 수 없는 사회

세계에서 가장 부강한 나라,
평화의 나라라고 할 수 있는가
알 수 없는 상식이다.

그대들은 각성하고 어린이들이 평화롭고
부녀자들이 자유로울 수 있는
사회를 구축하여야 될 것 아닌가.

이 별

언제 다시 만날지
'오래 오래 사세요'

잠깐의 만남
50년의 기다림
또다시 이별의 차창에 앉았다.

동생의 마지막 얼굴을 바라보는
북측의 누님은 그저 울고 있다.
부모님은 돌아가시고 그렇게 찾던 동생을
만나고 가는 것이다.

차창에 손을 대고 동생을 바라보지만 차는 떠나고 있다.
내가 언제 다시 올 수 있을까.

상봉의 그림자

50년 만에 만난 자매가 석양에 걸어간다.
50년의 그림자처럼 긴 세월의 그림자가 뒤를 따른다.

아, 그들은 손과 허리를 맞대고
천천히 황혼의 들길로 걷고 있다.

그들은 무엇을 생각할까.
돌아가신 부모, 어릴적 같이 놀던 형제 자매들

그들의 긴 그림자는 언제 가실까.
이 땅의 이산의 한限이 풀리는 날은

어머니의 회상

짧게 깎은 머리
반듯한 얼굴
솟아난 코와
특히 깊은 눈매가 다가온다.

어머님은 조용한 가운데
대지大地를 응시한다.

거기에는 먼저 가신
아버님 얼굴이,
보이지 않는 아들, 손주들의
얼굴이 어릴 것이다.

어머님의 회상은
할아버지, 할머니 그리고
그가 자란 산천과
그리운 인정과 미래일 것이다.

어머니의 회상
그것은 무엇일까

그저 어머님의 영상이
그리울 뿐이다.

여인의 눈물

2000년 8월 20일 러시아 핵잠수함 쿠르스크호의
승무원이 모두 사망했을 것이라는 발표를 듣고,
그 가족들이 페테스부르크 한 교회에 모였다.

한 여인이 놀랍고 슬픈 눈으로 오른손을 입과
얼굴에 대고 흐느끼고 있다.
깊은 염려와 두려움과 기다림의 표출인가.
왜 우리 인간은 이렇게 계속해서 희생되고
서로 괴로워하여야 되는가.

이 '여인의 눈물'은 만인의 눈물이며 냉전 후라고,
또 왜 이렇게 갈등이 증폭되는가.
우리는 3차 세계대전을 방지해야 한다.

우리는 핵전쟁을 방지하여야 한다.
우리는 이 지구를 영구히 보존,
후손에게 물려주어야 한다.

그 여인의 얼굴에 다시 밝은 미소가 흐르기를

딸을 그리는 마음

그 어머니는 88세
그 딸은 68세, 북에서 음악 무용대 교수라고 한다.

그 어머니는 34세 때 남편을 잃고 38세 때
전쟁 중에 큰 딸을 찾을 수 없게 되었다.
그런데 이번 방문단에 딸이 서울을 찾아
그 어머니를 만나게 된다.
그 딸을 북으로 다시 보내고 비오는 8월 20일 하루를
'딸을 그리는 마음'으로 서성이며 기도한다.
'네가 없으니, 옥배야 더욱더 그립구나'
90이 가까운 어머니의 얼굴에서 숙연함을 느낀다.
그 어머니의 가슴속에 흐르는 한限의 눈물은
이 땅의 어머니들의 슬픔이 아닐까.

여인의 깊은 마음 자식과 부모의 끈끈한 정
8월이 가고 있다.
8월이 기다리던 달이라면 또 슬픔이 스쳐가는 큰 달인가.

8월이 온다. 추석이 온다.
모든 이의 가슴에 기쁨과 희망 그리고 사랑이 있기를

그대여

그대는 생각했던 것보다 너무 거침없고,
활달했으며 건강하여 보였습니다.
여유 있는 모습에서 스스로 풍기는 민주적 풍모와
결단과 용기가 함께 숨쉬어 거대한 물결 같았습니다.

세계 인류 앞에 민족의 자존과 자립의 깊고
넓은 큰 희망과 용기를 보였습니다.

어려운 결단을 하셨습니다.
저 도도한 파도가 밀려오듯 겨레의
마음속의 통일의 염원을 잘 읽으셨습니다.
온 민족의 숨결 속에 사랑스럽고
자랑스런 모습으로 길이 남기를

그대는 우리 민족의 한 큰 힘이 되기를

어머니 모습

손을 입에 댄
고뇌에 어린 모습

우리의 언저리에서
언제나 자기를 희생하여
우리의 빛이 되어 준 어머니

한국의 어머니들
그 어려운 때
자식과 남편 그리고
부모들을 모시던 어머니

이마에 깊은 주름
흰 머리
거칠어진 손과 얼굴

영원한 어머니 모습
영원한 어머니 사랑

가슴 가득히
메어 오는 마음

할머니의 얼굴

흰 머리가 부수수 날리고 주름 잡힌 얼굴에
검버섯이 띄엄띄엄 얼룩인다.

할머니의 마음은 오직 자식과 손주들 생각
그 많은 날들을 그렇게 일하시고 걷어 먹이시고
지금은 오직 그 생각뿐.

오직 한결같은 정성
할머니의 얼굴은 정신이 응축된 끝없는 사랑
기다림과 환희

할머니의 얼굴에는
오직 자식과 손자 생각뿐

111세 할머니, 새해 소망

"젊은이들이 새천년에 힘차게 열어 주었으면 좋겠어."
올해 111세 맞은 부산시 북구 구포동 한기화 할머니

1888년 12월 3일생으로 부산에서 최고령자
지난 1일로 3세기를 누리는 진기한 기록

하루에 아침 10시쯤 일어나 저녁 7시에 잠든다.
깨어 있는 동안은 마루를 밀며
다니고 가끔 마당을 산책한다.

할머니는 어려운 처지에도
자기를 40여 년 간 돌보아 주는
며느리에게 감사한다.

참으로 삶은 질기고 신기한 것이다.
그가 언제까지 살지
아마도 120세까지는 살지 않을까.

청력도 발음도 좋다.
보다 크고 그리고
오래 견디시기를 기원합니다.

그 세월, 그날, 그 할머니는
지금 무엇을 생각할까.

조국의 통일과 민족의 화합을
기원하지 않을까.

아버지, 저 모르겠시오

북에서 온 66세의 영화 감독
서울의 아버지 91세

아버지는 말도 못하고 듣지도 못하지만
절을 하는 아들을 보고 감회에 젖는다.

저들에게 오늘이 있기까지 얼마나 기다렸을까.
얼마나 가슴이 쓰렸을까.

가을날 강가에서 철새를 바라보고
봄날 덕수궁에서 목란을 보면서 얼마나
고향 산천이 그리웠을까.

이렇게 늙었느냐

북에서 온 69세의 작가 서울의 94세 노모 손을
잡고 그렇게 기다린 50년을 회상한다.
50년을 기다려 5일 만나고 다시 이별

다시 만날 수 없는 한 장의 사진이 될 것이다.
늙은 어머님의 손 그리고 아들의 손이
떨리고 놓을 줄을 모른다.

부모 자식간의 정
이것은 이념도 모든 통념도 뛰어넘는
무한대의 인정일 것이다.
누가 이 큰 이별을, 분단의 고통을 만들었을까.

차창에 맞닿은 두 손

차내의 늙은 아버지
창밖의 딸은 눈물을 흘리면서 서로 바라보고
차에 엔진이 울리면서
밀려 나가기 시작하였다.

차창에 맞닿은 두 손 남과 북,
그 유리창은 하나의 휴전선

우리의 휴전선은 7천만 개나 있는 듯
언제나 이 민족은 연극이 아닌 실제
우리의 인권과 권리로써 오고 갈 수 있을까.
이 민족에게 '자유의 물결'은 올 수 없을까.

상봉, 희극

"내 아들아, 이제 왔니."
"어머니."

어머니 이덕순 87세
북에서 온 아들 안순환 65세
둘은 평화롭다.

희극적으로 보인다.

아들의 얼굴을 두 손으로 얼싸안고 아들은
행복에 겨워 보인다.
흰 머리 밝게 웃는 표정, 자연스럽고 인자하여 보인다.

우리의 통일은 이렇게 조용히 그리고 강물이 흐르듯
학이 날듯 다가올 수 없을까.

언니야

남쪽에서 간 동생 72세, 북의 언니 85세
얼굴을 비비면서 두 손을 놓을 줄 모른다.
그 주름살
그 흰 머리의 할머니

'언니야', '명희야'를 힘껏 부르며 부르짖는다.

그렇게 성인이 되어 헤어진 사람들

그 부모님들
고향의 언덕길
그 산길을 얼마나 그리워했을까.

오빠, 두옥아

남측의 오빠와 북의 두 여동생이 만나
쏟아지는 눈물 속에서 '오빠', '두옥아' 하며 오열한다.

우리는 왜 이렇게 슬퍼해야 하나.
누가 우리에게 이 슬픔을 주었는가.

그저 바라보고 눈물을 흘리고 있었다.

동 심童心

북에서 온 아들 67세
서울의 어머니 87세

아들이 어머님을 업었다.
그 어깨에 손을 꼭 잡고
또 아들은 두 팔을 꼭 끼어 업고 있다.

그 옛날
그 어머니는 그 아들을 그렇게 업어서
또 안아서 길렀을 것이다.
50년 세월 그 얼마나 가슴을 졸였을까.

낮이나 밤꿈 그리고 그 계절마다 명절 때
얼마나 그리웠을까.

맞잡은 두 손

북에서 온 67세 성악 교수가 남에 있는
90세 어머니 손을 꼭 잡았다.
서로의 얼굴을 바라보면서 50년의 세월의 그림자를
읽으며 잠 못 이루었던 날들을 읽는다.

눈오는 날이나
비가 내리는 계절,
기러기 울어 헤는 밤
얼마나 그리웠을까

맞잡은 두 손, 다시 잡을 수 있을까.

형제의 정

북에서 온 형과 남측의 동생이 50년 만에 만났다.
손수건으로 눈을 가린 채 형제는 손을 떼지 못했다.
벗어진 이마와 둥그스름한 얼굴, 손마디가
아주 똑같았다.
형제의 정
그들을 누가 그렇게 만날 수 없게 했는가.

우리는 만나야 한다.
통일은 이루어져야 한다.

깨끗한 얼굴들

심재순 어머니 88세
조주경 아들 68세

6·25 전쟁이 나던 해 그 아들은 서울대 수학과에
다니다가 북으로 가게 되었다.
그 어머니는 일찍 남편을 여의고 홀로 살면서
오직 아들만 기다려 왔다.

20년간 예불을 빠뜨리지 않았고, 그 기다림의 정성으로
오늘, 만나게 되었다.
그 깨끗한 얼굴, 수학자다운 눈매와 안경
어머니는 아들의 얼굴에 얼굴을 묻고
손으로 만지고 금목걸이를 걸어 주었다.
이 세상에 이보다 더 아름다운 초상화가 어디 있을까.
이것은 깨끗한 하나의 얼굴
이별과 상봉 그리고 그리움의 결정이 아닐까.

거칠어진 손길이 그 고운 얼굴에 맞닿고
순박하고 정겨운 풍경이다.
그 만남 그 고뇌와 기다림

배달민족은 통일이 되어야 하고 인간은 누구나
만나고 싶은 사람을 만나야 한다.

인간은 지구 어디나 가고 싶은 곳을 갈 수 있어야 한다.
누가 이 길을 막을 수 있는가.
누가 아들, 어머니를 떼어 놓을 수 있는가.

우리는 선진 조국을 위하여 조그만 사적인 권한이나
권력을 버려야 할 것이다.
평화와 사랑의 길로 인간 본연의 자세로 돌아가
대도大道를 찾아 통일의 길로 함께 가야 할 것이다.
삶이란 무엇인가.
그리움과 기다림의 굴레에서 벗어나야 할 것이다.

눈 물

눈물은 왜 나올까.
눈물은 무엇일까.

눈물이 제일 많고 눈물이 제일 진한 민족이
배달민족일까.

삼국시대 천년, 고려 오백년, 조선시대 오백년,
일제시대 36년

6·25 전쟁 3년
분단 되어 55년

상봉, 이별 또 그리움
언제 눈물이 그치려나 그 진한 눈물이

뜨거운 50만 원 원고료

50년 만에 건네준 50만 원 원고료

농가월령가農家月令歌

50년 전 류열 국어학자 82세
통문관 주인 이겸노 91세

"나 통문관 주인이요, 기억 안 나요."
류열 교수는 "아, 이거 얼마입니까."
이옹은 책 두 권과 원고료 50만 원을 건네주었다.

이렇게 훈훈한 이야기들이 있어서 세상은
살 만한 것이다.
그 주인과 학자는 그 뜨거운 가슴과 몸을
어떻게 가누었을까.

내가 살았다는 것이 행복함을 아는 순간이다.

상봉의 비극

50년 수절守節한 할머니 수줍게 '여보'
6 · 25 전쟁이 나던 해 부인을 남기고, 서울을 떠난 남편
부인은 지금은 장년이 된 두 아들을 대학까지 가르치며
행상, 다과점 등을 하며 열심히 기다리며 살았다.
아내 71세
북의 남편 73세

북에는 또 아내가 있고 자식들이 있나 보다.
그 아내의 마음은 어떠할까.

삶의 비극일까. 희극일까.

만남의 광장

흰 테이블에 검은 옷을 입은 광장의 모습이 봄날
하얀 철쭉꽃이 함빡 피어 있는 언덕과도 같다.
100개의 테이블에 적어도 500명 이상이 될 것이다.
50년 만의 열광하는 용광로와 같은 열기가 숨쉰다.

상봉의 모습에서 깊은 민족의 염원이 숨쉬고 있다.

얼마나 많은 사람들이 TV를 보며 라디오를 들으며
그 옛날 그 전쟁을 회상할까.
우리의 비극은 언제나 끝나려나

어느덧 파란 물결 갈대숲에
바람이 일고 훈훈한 봄기운이 새롭다.
떼기러기 날으는 강변에 휴전선의 봄

휴전선의 봄

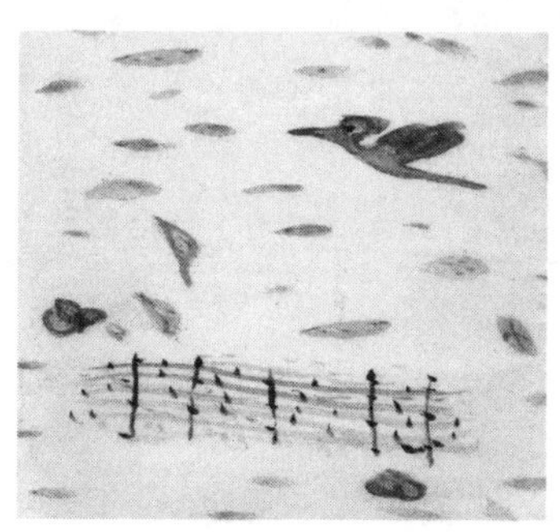

휴전선의 봄 · 1

원병오 교수는 1963년 희귀한 철새 북방쇠 찌르레기
한 마리를 붙잡아 그 발목에
표시 반지를 끼워 그리움을 보냈다.

그 새는 동남아에서 겨울 지내고
1965년 평양 만수대에서 원로 조류학자
원홍구 씨에게 발견된다.

35세의 아들과 78세의 아버지는
한 마리의 철새를 통하여 남과 북을 이어 준다.

아버지는 아들을 대하듯 그 새를 박제하여 두고
5년 후 83세로 세상을 떠났다.

휴전선은 50년이라는 긴 세월이 지났지만
애태우는 민족의 한은 식을 줄 모른다.

'휴전선의 봄'은 꼭 올 것이고
평화와 사랑의 길은 우리 가슴속에 영원할 것이다.

휴전선의 봄·2

1998년 2월 10일 눈이 하얗게 쌓인 휴전선에
이 박사는 나간다.
철조망을 두 손으로 잡고 '민족이여 통일이여'를
외치다가 쓰러져, 그는 세상을 떠난다.

그때 그의 나이 80세
그 부모들은 100세, 월남한 지 50년 되는 해

휴전선에 눈은 계속 내리고
스메타나의 나의 조국 환상곡은 온 천지에 울려 퍼진다.

휴전선에 봄은 오려나
민족이여
조국이여

휴전선의 봄·3

휴전선의 봄은 오는가.
2년 전 철조망을 붙들고 울부짖던 실향민들

그는 이 소식을 알까.
김金-김金 남북 회담

봄이 온다.
노란 개나리꽃 사이로 춘풍은 불어온다.

그 자연의 봄처럼 깊게 그리고 은은하게 와서
이 민족의 한을 달래게 하소서

그 검은 나뭇가지에 파란 싹이 움트고
빨간 꽃이 곱게 피어 누런 열매가
맺어 향기 풍기게 하소서.

그리운 땅

태양이 솟아오르는 철새가 떼를 지어 날으는 곳
남쪽 산기슭에 한란이 하얗게 피는 곳

갯내음에 모래밭
하얀 물결 밀려오는 곳

그리운 땅
자유, 희망, 꿈이 있는 산책로

한 척의 배가 석양에 들어온다.

임진강 철교

임진강 철교의 손상은 우리 분단의 역사 속에
그 대표일 것이다.
8 · 15 해방이 되면서 분단되어 6 · 25 전쟁으로
동강이 난 것이다.
그 휴전선과 비무장지대 그리고 남북의 분단의
상징으로 우리의 가슴을 아프게 했다.
그 다리는 영 '돌아오지 않는 다리'로 우리의 슬픈
역사의 상징이었다.

그 다리가 다시 복원되어 그 기차가 신의주, 만주,
시베리아로 달리는 그 평화의 날이
어서 오기를 기대한다.
임진강 철교여 통일이여.

북에서 온 홍매

북에서 온
김기창 화백 동생의 홍매화 한 송이
그 뿌리와 위풍이 당당하다.
그 추위와 서러운 풍토에서 자라난 한 송이 붉은 매화다.
그 매화는 대 예술가의 가슴을 때리고 아프게 하고 있다.
그러나 그 고목 가지에서 홍매화가 피어나듯이
운보도 다시 재기의 길이 트이기를 바란다.
그 겨울 바람을 이기고 피어나는 홍매화처럼 다시
피어나기를

그리고 그 보내온 동생도 만나고, 훈훈한 바람이
일어오는 듯

베를린 장벽

붕괴 10년,
부란텐부르크문에서 열린 연주회
10년 전 연주했던 러시아의 로스트로포비치 등
미국, 프랑스 첼리스트 166명과 함께 연주회를 가졌다.

10만 명의 인파가 모였고 그 당시의 주역들
콜 수상, 부시 대통령, 고르바초프 대통령 등

그들의 감회가 어떠할까?
베토벤과 괴테가 있는 나라의
과거와 미래를 이야기한다.

동서는 화합하는데
왜 남북은 그대로 침묵하는가

남남, 남북,
우리는 왜 이리도 헤이지 못하나.

서민의 슬픔
동포의 그리움

우리는 어디로 가야 하나
오늘, 지금 이 자리에서

축 통일주酒

인삼주와 포도주를 가미한 세계에서
제일 우수한 한국의 위스키를 만들 수는 없을까.

배달민족혼이 서린 역사와 문화가 있고
미래의 꿈과 희망이 담긴
가슴이 따뜻해지는 술
화합과 이해를 위한 술
맛과 향 그리고 힘이 솟구치는 술

민족혼이 깃든
통일주의 여향 스미는 듯

연어, 고향으로 돌아가리

수만 리 타향을 돌고 돌다 그리운
고향을 찾아 산란을 하고 죽어가는 연어
그렇게 힘차게 용감하게 폭포를 뛰어오르고
물결을 거슬러 올라 남대천 상류로 돌아온다.
그리고 마지막 산란을 하고 처절하게 죽어간다.
생명의 원리는 다 그러하거늘

인간의 어리석음은
연어만도 못한 듯 느껴진다.

자기의 갈길을 알고
삶의 길을 아는 연어에게서
인간은 과연 무엇을 배워야 할까.

그 깨끗한 물 그리운 고향
그 연어들은 또 떠나서
다시 돌아올 것인가.

천년 만년 이어온 그 숙명宿命을 어디서 또 보랴

생명의 힘

삶의 도를 읽는 듯하여 가슴 뭉클해진다.
연어여 연어여
그 운명 영원하소서.

비 상飛翔

그 넓은 얼음 벌판
한 여인의 정열은 하늘을 날은다.

알몸으로 두 팔을 높이 양쪽으로 들고
왼발을 높이 들고 학처럼 비상한다.
만면의 미소와 충만된 힘 솟아나는 삶의 절정을 본다.
검은 머리가 날리고 검은 동자 콴의 우아한 연기

2000 세계 피겨 스케이팅 여자 싱글에서
우승한 미셸 콴이 폐막식에서 끝없는
비상의 연기를 하고 있다.
학이 날으는 그 모양으로 끝없이 날아라.

네가 가고 싶은 세계를 마음껏 날아라.

봄 기러기 소리

꼬르륵꼬르륵 달밤에 기러기 소리
봄이 오는 소리인가.
이별의 노래인가.
꼬르륵꼬르륵 소리나는 아침
푸른 하늘에 기러기 떼 보인다.

훨훨 떼를 지어 북쪽으로 날아간다.
넘실넘실 파도에 이랑을 남기며 떠나는 배와도 같다.
꼬르륵꼬르륵 고향 찾아 수만 리를 헤어 나간다.

아, 너의 자유와 꿈
신비한 생명의 소리

임진강의 봄

어느덧 임진강에서 떼기러기가
북을 향하여 날아가려고 깃털을 준비한다.
어느덧 파란 물결 갈대숲에
바람이 일고 훈훈한 봄기운이 새롭다.
떼기러기 날으는 강변에 휴전선의 봄
진정 민족의 봄이 오기를

기러기 서로의 소식 전하고
민족의 화해, 민족의 봄이 오기를

임진강에 봄이 온다.
임진강에 떼기러기 날은다.

해군의 어머니

홍은혜 83세, 손원일 제독의 부인
해군의 애창곡 '바다로 가자_{손원일 작사}'
'해방 행진곡_{손원일 작사}' 등을 직접 작곡하고
남편의 상하이 시절 독일 함정을 타고
세계를 누비던 그 제독의 부인은
해군 창설을 꿈꾸게 되었다.

최근까지도 강의를 하고
나라를 사랑하는 마음은 한결같다.
요즈음처럼 정신적인 힘이 요구되는 시대에
꼭 필요한 모습으로 여겨진다.

빛나는 역사 속에 큰 꽃으로 남기를

백마강은 흐른다

은은하고 유유히 흐르는 백마강
부소산 낙화암과 교란사가 어울린
하나의 진한 서정을 읽게 한다.
겨울에 읽는 부소산과 낙화암의 애달픈 시혼은
마음으로 느끼는 쓰라림일까.

백제인의 애국혼 충절이 남아 흐르는 듯
인동초의 푸르름은 옛과 다름없는 듯

2.2km의 산성과 보랏빛 여울이 내리는
백화정, 낙화암, 고란사에 이어지는
겨울 풍경 고운 백사장에 어리는 갈대숲의
은빛 연가는 언제나 다름없는 충성심으로
유유히 흐르는 백마강의 절정일 것으로 여겨진다.

그런 곳을 여행하면서 그 풍경은 가슴속에
영원히 남아 하나의 투혼을 이루는 것인가.

천년 만년이 흘러도 변함없이 이어지는
자연과 인정, 문화의 냄새는 언제까지 이어질 것인가.
백마강 강가를 거닐면서 저
들려 오는 민초들의 감성이 들리는 듯하다.

이루 헤일 수 없는 스산함 속에 은은하게
배어드는 서정이 백마강의 매력인가.

애국혼의 상징, 형무소 역사관

1908년부터 80년간 감옥이었던 서대문 형무소
붉은 벽돌, 높은 담, 그 많은 애국지사와
양심수들을 학대하고 고문하던 그곳

얼마나 많은 사람들이 그곳에서
한을 남기며 숨져 갔을까.
그 시대 그 어려운 때 그 얼마나 고생들을 했을까.

그 교수대, 고문실,
그 붉은 벽돌, 높은 담, 그 위생 시설.

인간인 것을 후회했을 무고한, 선량한 슬픈 백성들
그들의 영혼, 그 민족혼 길이 위안이 있기를.

자유와 평화의 상징인 영원한 기념관이 되기를.

그들은 왜 그렇게 고생했을까.
그들의 슬픈 넋은 지금 이 남북 관계와
민족의 비극을 보면서
어떻게 생각할까.

새천년의 아침

저 은은한 산자락
회색빛 하늘에 붉은 해가 솟아오른다.

탐욕, 오만, 편견, 분단은 가고
헌신, 사랑, 희망, 화해
그리고 통일이여 오거라.

저 성스러운 천지天池에 중광中光이 내려쪼인다.
배달민족혼은 맥맥이 흘러
통일의 대로에 중화될 것이다.

배달민족은 새천년에 꼭 통일이 되고
동방의 빛으로 세계 속에 청청할 것이다.

아, 새천년, 민족이여, 통일이여

새천년 새 아침에
우리는 가야 한다
휴전선의 봄을 찾아.

그리던 산하로

우리는 손을 잡고
달려가자.

통일의 여명

돌아오지 않는 다리에 불이 밝아졌다.
어두웠던 '자유의 다리'에 환하게 빛이 난다.

그 길은 '생명 재생'의 다리, 통일의 여명이 되는 것이다.
배달민족혼은 살아 통일의 여명을 받아
우주 속에 흩날린다.

배달 민족은 자주, 평화, 통일, 사랑의 길로 가야 한다.

5천년 배달민족사에 외세에 의한 혹독한
36년간, 그 후 허리가 잘려 55년
근 100년간의 민족의 고초
그 선열들의 영령과 민족전쟁으로
산화散華한 젊은 용사들의 넋이
그 통일의 여명을 잇게 되었을 것이다.
조국은 통일이 된다.
조국의 자주, 평화, 통일의 여명을 따라 가야 한다.

가슴과 가슴으로 서로를 위로하고 사랑하는
마음으로 가야 한다.

낙동강, 한강, 압록강, 두만강이 깊고 유유하게 흐르듯
통일의 길을 따라야 한다.

동해에서 서해로 흐르는 저 바다를 보라.
그 바다 고래들은 원산, 포항, 목포, 인천,
남포동으로 가고 있다.

저 기러기들은 백두산에서 한라산으로 날아오지 않는가.
우리는 저 흑범 고래를 바라보며 너는 북쪽 바다로
마음껏 갈 수 있겠다.

저 기러기들은 평양, 임진강 서울로 한 시간이면
날아오는데 우리는 55년간을 헤매었다.
외세에 의하여 송두리째 밟히고 외세에 의하여
허리가 잘린 55년
아, 이제 여명이 빛난다. 통일의 여명이 다가온다.
배달민족이여 그대로 손을 잡고 가슴을 맞대고
조용히 그대로 있자.
흐르는 저 강물처럼 유유히 넘실대는 저 바다처럼
드높은 백두와 그 천지 야자수 너울대는 저 한라산
삼천리 금수강산 칠천만의 배달민족이여.

통일의 여명이 다가온다. 깊은 시름에서 헤어나
밝아오는 저 햇빛을 보라
통일의 여명은 우리 가슴속에서
천년 만년 이어갈 것이다.

배달민족이여, 이 여명은 꼭 우리의 통일의 시작이며
끝이 될 것이다.
조국은 통일이 될 것이다. 조국은 세계 속에
빛날 것이다.
조국은 지구의 평화와 사랑을 위하는
초석이 될 것이다.

배달민족혼은 이 통일의 여명을 받아 이룩할 것이다.
조국이여, 민족이여, 통일이여, 불러도 불러도
끝없는 외침이여.

민통선, 녹슨 철마

철마는 녹슨 채 골격만 남았다.
주변이 풀들로 무성한 6월
그 6월, 철마는 멈추고 유리창 다 없어지고
고철만 남았다.
언 50년이라는 세월이 고뇌와 슬픔 풍화에 무디어 갔다.

이 철길에 철마가 목을 놓아 기적을 울리며
원산으로 달릴 그날은 언제일까.
아마도 다가올 그날이 가까워지는 듯하다.
가슴 타는 국민들의 뜻이 아주 순수하게 전해지기를

9월의 UN회담

2000년 9월 6일부터 3일간 뉴욕에서 열리는
'유엔 밀레니엄 정상회담'에 114개국 대통령,
49개국 총리, 5개국 부통령, 1개국의 국왕이 참석한다.

160개국의 수반이 참석하는 셈이다.
이들은 평화와 안보, 군축, 빈곤 등 21세기
당면 과제를 토의하고 유엔의 나아갈
방향에 대해 큰 기틀을 만들 것이다.

아! 유엔은 지구 보존의 큰 틀을 만들어
세계의 평화와 사랑의 길에 임하려나

20세기는 저물어 가는가

서해에 석양이 깃든다.
노란 해는 보라색 여운을 남기며
서쪽으로 저물어 간다.

20세기가 저물어 간다.
누런 갯벌, 흐릿한 물결들 그 속에
그물 던진 말뚝들이 듬성듬성 보인다.

저물어 가는 햇살에 은은한
영상들이 석양에 어린다.

20세기는 간다.
나의 20세기도 간다.
새로운 천년이 나에게도 올까
자유와 꿈과 희망을 안고

새로운 천년에
민족은 화합과 통일로
서민의 슬픔은 사라져 가려나

남북의 통일 농구

누가 누군지 구별이 안 되는 누가
보아도 한민족임이 확실했다.

우리는 총을 놓고 손을 잡고
농구를 하고 축구를 하여야 될 것이다.
그 물결이 백두산에서 한라산까지 낙동강에서
두만강까지 흐르고 넘쳐야 될 것이다.

무엇보다도 합쳐지는 것이 세계의 추세이고,
인류의 염원인 것이다.
젊음이 넘치는 광장, 배달민족혼은
하나 된 느낌으로 다시 슬픈 역사를 되풀이하지 말자.

가슴을 열고 무력 통일의 꿈을 버린다면
성큼 통일의 그날은 다가올 것이다.
민족이여 통일이여.

통일 기념 시계

남쪽의 동생들이 북쪽의 형을 만나
시계를 선물로 준다.
손을 맞잡았다.

그들은 통일이 되어 그 시계를 다시 보자고,
포도주 잔을 비우며 함빡 웃고 있다.

이제 또 그들은 더 아픈 이별에 아찔해질 것이다.
내가 놀던 대동강, 동생들 손을 잡고 뛰놀던
그곳을 바라보며
이제는 뵈올 수 없는 부모님의 영상을 그리고

배달민족 통일

칠천만 민족은 하나 되었네.
2005년, 푸르른 배달민족은 비무장지대에 모여
'아리랑' 함께 부르고 '통일의 만세' 외칠 것이네.
동해에 뜨는 태양도 함빡 웃는 백두산 천지에서
청룡이 솟아오르고
삼각산 정상에 배달민족혼은 모여 자주, 민주,
평화통일 조국의 깃발 높이 달 것이네.

순국 선열이여, 민족전쟁에
산화한 넋들이여 이제 편히 쉬소서.
5천년 역사를 이어 온 배달민족은 통일 되어
세계 속에서 큰 별이 될 것이다.
조국은 세계 속의 평화와
사랑의 길에서 큰 주인이 되리니

아! 조국이여 민족이여 통일이여.

통일의 물결

이산의 강을 넘어 온 겨레가 손잡고 함께 가자.
침략과 위협을 버리고 화해와 협력의 물결로 가자.

지속적이고 끈질긴 노력은 통일의
물결을 이루어 유유히 흐를 것이다.
6·25에 희생된 선열들의 영혼과
젊은이들의 넋이 우리를 주시할 것이다.

6월의 하늘은 맑고, 6월의 강은 푸르고 조용하다.
6월의 새소리와 빛나는 들길의 초목들은 무성하다.
아, 조국의 산하山河에서 통일의 물결 도도히 흐르려나.

조국 통일의 초석

2000년 6월 15일 늦게까지 합의
회담 7시간 만에 합의서를 완성 발표했다.
남북은 자주 자립적으로 통일을 지향한다.

남북 이산가족을 8·15 전후 상봉한다.
경제 문화 등을 교류한다.
남북은 이상 합의 사항을 조속히 실현하며
북의 정상이 남한을 방문한다고 하였다.

참으로 경이롭고 기다렸던 결과로써
조국 통일의 초석이 될 것이며
배달민족 통일의 길이 활짝 열릴 것으로 생각된다.
이 민족에게 다시는 실망과 슬픔이 없는
평화와 사랑의 길이 있기를

배달민족 통일의 길

2000년 6월 13일 오전 10시 35분 평양 순안공항
평양 주변의 하늘과 강 그리고 모두의
마음은 통일의 물결로 함성의 연속이었다.

민족 화합의 미래는 열렸다. 뜨겁게 가슴을 맞대었다.
역사는 평화와 사랑의 길을 찾았다.
남북 정상, 허리가 잘린 지 55년 만에 만난 그날은
생명의 재생, 통일의 길이 열리는 첫발이었다.
포개서 잡은 두 손은 얼마나 따뜻했을까.
반갑습니다. 보고 싶었습니다.
평양 방문을 환영합니다.

7천만 배달민족은 하나 되어 대결과 증오를 뒤로하고
화해와 번영을 택하는 거인의 모습이었다.
6월 13일은 역사에 당당하게 기록될 것입니다.
이제 그런 역사를 만들어 갑시다.
정정하고 확실한 정상들의 만남은 세계 앞에
우리의 자존이었고
5천년 역사 앞에 자랑스러운 통일의 초석이었다.
누가 우리 통일을 도와주랴
오직 우리 7천만이 하나 되어 그 길을 가야 한다.

이제 시작되었다. 역사의 물결은 우리 편으로 장엄하고
거리낌없이 밀려오고 있다.
낙동강에서 한강, 대동강, 압록강
그리고 한라산에서 백두산에 이르는 장엄하고
거대한 물결이 흐르고 있다.

우리의 가슴을 텄다. 잡은 손은 더 굳어진다.
생명의 재생의 소리가 처절하게 들려 온다.
조국이여 민족이여 통일이여.

통일의 흐름

남쪽의 소프라노
북의 테너가 어울린 화음
KBS와 조선국립교향악단의 협연
'아리랑', '고향의 봄' 등을 연주했을 때 그 음향에
가슴 아프지 않을 사람이 어디 있으랴.

인간이 살아야 100년인데 그 안에 웬 고통과 번뇌
그리고 안타까운 일들로 시간을 허비하고 있다.
가을과 함께 탁 트이는 화음이 모두에게 있기를

남북 화합의 하모니

북한 국립교향악단이 서울에 온다.
KBS 교향악단과 남북 화합의 하모니가 펼쳐진다.

가을이 오는 소리와 함께 이 땅에 울려퍼질 통일 하모니
브란덴부르크 광장의 베토벤의 No.9 심포니를
합창하던 그 장엄한 모습이 보인다.

우리, 이 땅 이 휴전선에 그와 같은 큰 화합의 하모니가
울려 퍼져 휴전선에 진정한 봄이 오기를 기원한다.

서울에 온 평양 소년 예술단

매화 꽃잎 같은 어린이들
그들의 입에서 '우리의 소원'
'고향의 봄'이 울려 퍼지면 남과 북이 구별될 수 있을까.

그 맑은 눈, 그 부드러운 여운들
그 무엇 하나 새로워 보이지 않는다.

왜 우리는 그 많은 날들
그 많은 희생과 상처 속에서 살아야 했던가.

우리는 자각해야 한다.
누구도 우리를 도와줄 외세는 없는 것이다.

저 천진난만한 소년들을 보라.
민족이여 통일이여.

떠나는 아들의 마음

'어머님, 다시 떠납니다.'

50년을 기다렸던 아들의 마음
50년 만에 만나서 다시 보내는 어머님의 마음
왜 우리 민족은 이렇게 슬퍼해야 되는가.

왜적에게 당하고 점령군이 갈라 놓고
우리는 무엇을 했는데 배달민족의 슬픔,
그것은 인류의 슬픔이 아닌가.
왜 우리는 통일할 수 없는가.
무엇 때문인가.